AF341022

Oeuvre de Ch. Méryon.

Catalogue de la vente d'estampes de
M. A. Wasset, des 23-26 février 1880.
(Paris). nos 781-884.

ŒUVRES. DE CH. MERYON

781 — Son portrait, il est représenté assis sur un lit, par Flameng.

Superbe épreuve, sur papier du Japon.

782 — Le Pavillon de Mademoiselle et une partie du Louvre à Paris (nº 8 du cat. de l'œuvre de Ch. Meryon, par M. Ph. Burty, traduit en anglais, par M. Marcus B. Huish. Londres, 1879, 1 vol. grand-in 8º.)

Très belle épreuve, sur chine.

783 — Entrée du faubourg Saint-Marceau, à Paris (9).

Très belle épreuve.

784 — Pêcheurs de la mer du Sud, d'après Zeeman (14.)

Superbe épreuve, sur chine.

MERYON

785 — Entrée du couvent des Capucins français à Athènes (16).

Très belle épreuve.

786 — La Salle des Pas-Perdus, d'après Ducerceau (17).

Très belle épreuve.

787 — Chenonceau (18).

Très belle épreuve. Rare.

788 — Le Pont-Neuf et la Samaritaine au-dessous de la 1ʳᵉ arche du Pont-au-Change, d'après un dessin de Nicolle (19).

Superbe et première épreuve, avant toutes lettres.

789 — Plan du combat de Sinope (21).

Très belle épreuve. Rare.

790 — San Francisco (22).

Très belle épreuve.

791 — Rue Pirouette, aux Halles, 1860 (24).

Superbe épreuve avec le premier titre et les premières inscriptions sur le mur, avant les noms de Laurence et de Meryon, et avant l'adresse de l'imprimeur, sur papier du Japon.

MERYON

792 — La même pièce.

Belle épreuve.

793 — Présentation au roi Louis XI du Valère Maxime, imprimé à Paris, vers 1475 (25).

Très belle épreuve d'essai, avant les lettres s. c. à la suite des initiales de l'artiste, et avant des travaux ajoutés sur les arbres du jardin, sur papier du Japon.

794 — Chevet de Saint-Martin-sur-Renelle, église paroissiale, supprimée en 1791 (26).

Superbe et très rare épreuve, avant la lettre, à l'eau-forte pure, sur chine.

795 — Passerelle du Pont-au-Change, après l'incendie de 1621 (27), d'après un ancien dessin de la collection Lagoy et actuellement chez M. Bonnardot.

Superbe épreuve, avant la lettre et avec le timbre de la collection Lagoy, sur papier du Japon.

796 — Partie de la cité de Paris, vers la fin du XVIIIe siècle, sur la rive gauche de la Seine (28).

Superbe et très rare épreuve, à l'eau-forte pure, avec le ciel et avant la fumée sortant des deux cheminées, vers la droite, avec les tours Notre-Dame, qui ont été effacées et regravées dans l'état suivant, pour être remises d'aplomb, sur chine.

797 — La même estampe.

Superbe épreuve, avant le ciel, mais avec la fumée sortant des cheminées, et avec les tours Notre-Dame regravées et remises d'aplomb, avant toutes lettres, ainsi que la précédente, et avant la bordure.

798 — La même estampe.

Superbe épreuve, du 1er état terminée, avec la 1re inscription sur la tablette, au-dessus des pignons, à droite, avec la bordure, sans aucune autres lettres. Dans l'état suivant, cette inscription a été effacée, et la tablette est restée en blanc.

799 — Le Grand Châtelet à Paris, d'après un dessin exécuté en 1780 (29).

Superbe et très rare épreuve, à l'eau-forte pure, avant le ciel et avant beaucoup de travaux, notamment sur l'escalier au milieu du sujet, avant la bordure et la planche plus grande, sur papier du Japon.

MERYON

800 — La même estampe.

Superbe épreuve, entièrement terminée, avant toutes lettres, la planche diminuée, sur papier du Japon.

801 — Eaux-fortes sur Paris, par C. Meryon, 1852, titre (31).

Très belle épreuve.

802 — A Reinier, dit Zeeman, peintre et eau-fortier (32).

Très belle épreuve.

803 — Ancienne porte du palais de justice (33).

Très belle épreuve.

804 — Armes symboliques de la ville de Paris (35).

Très belle épreuve.

805 — Le Stryge (37).

Superbe et très rare épreuve, du 1er état, terminée, avec les initiales C. M., avant les vers, le nom, la date et l'adresse de l'imprimeur, rue de la Bûcherie. En cet état, ainsi que dans le suivant, la planche est plus large d'environ 0.005 mill. Sur papier verdâtre.

806 — La même estampe.

Superbe épreuve, avec le nom, la date et l'adresse de l'imprimeur, et au-dessous, deux vers écrits en caractères gothiques, sur papier verdâtre.

807 — La même estampe.

Superbe épreuve, avec les vers effacés et la planche réduite à ses dimensions ordinaires, toujours avec l'adresse de l'imprimeur, rue de la Bûcherie.

808 — Le petit Pont (38).

Superbe et très rare épreuve, du 1er état, avant le trait carré en bas, et avant les initiales C. M. au haut de la droite, et avant beaucoup de travaux, sur papier du Japon.

809 — L'Arche du pont Notre-Dame, 1850 (39).

Superbe épreuve, avant la lettre et le n°, et avec le nom et l'adresse de Meryon, sur papier verdâtre.

810 — La même estampe.

Très belle épreuve, du même état.

MERYON

811 — La Galerie de Notre-Dame (40).

Superbe épreuve, avant la lettre, avec le nom de Meryon et l'adresse de l'imprimeur, sur papier verdâtre.

812 — La Rue des Mauvais-Garçons (41).

Très belle épreuve. Rare.

813 — La Tour de l'Horloge (42).

Superbe et très rare épreuve, avec les initiales C. M. dans le haut de la droite, avec un trait dans le milieu de la marge du bas, mais avant la bordure, sur papier verdâtre.

814 — La même estampe.

Très belle épreuve, avant la lettre, mais avec la bordure, le trait qui traverse la marge du bas dans l'état précédent, est disparu.

815 — Tourelle, rue de la Tixéranderie, démolie en 1851 (43).

Superbe épreuve, avec les initiales C. M. dans le haut de la droite, et avant l'adresse de Delâtre, sur papier verdâtre.

816 — La même estampe.

Très belle épreuve, du même état, sur papier de Chine.

817 — Saint-Etienne-du-Mont (44).

Superbe épreuve du 1er état, avec les initiales C. M. dans le haut de la droite, sur papier verdâtre.

818 — La même estampe.

Très belle épreuve, du même état, sur papier du Japon.

819 — La Pompe Notre-Dame, 1852 (45).

Superbe et très rare épreuve avant toutes lettres, avant les reprises sur toutes les parties de la planche et avant le trait carré. En cet état, non décrit, la planche est plus grande en haut et sur les côtés. Sur chine.

820 — La même estampe.

Superbe épreuve, du 1er état, avec le nom et l'adresse de l'imprimeur, en caractères renversés, mais avant les travaux à la pointe sèche dans le ciel, sur papier verdâtre.

821 — La même estampe.

Très belle épreuve, du même état, mais avec les travaux à la pointe sèche dans le ciel.

MERYON

822 — La petite Pompe (46).

Très belle épreuve.

823 — Le Pont-Neuf (47).

Superbe et très rare épreuve, avant toutes lettres, à l'eau-forte pure, sur papier du Japon.

824 — La même estampe.

Superbe épreuve, avec le nom de Meryon, la date et l'adresse de l'imprimeur, mais avant les vers, sur papier verdâtre.

825 — La même estampe.

Belle épreuve, avec le titre, avec la cheminée de la Monnaie et les maisons du fond modifiées.

826 — Le Pont-au-Change (48).

Superbe épreuve, avec : C. Meryon, del. sculp., MDCCCLIV ; à droite, l'adresse de l'imprimeur ; dans les nuages, un ballon portant le mot : Speranza, sur papier verdâtre.

827 — La Morgue, 1850 (50).

Superbe et très rare épreuve d'essai, avant les noms d'artistes, avant la bordure et avant les ombres ajoutées à la fumée.

828 — La même estampe.

Très belle épreuve, avant la lettre, avec le nom de Meryon et l'adresse de l'imprimeur.

829 — L'Abside de Notre-Dame de Paris (52).

Superbe épreuve, avant la lettre, sur papier verdâtre, avant les retouches sur les maisons de fond, à droite.

830 — Le Tombeau de Molière (53).

Très belle épreuve.

831 — Adresse de Rochoux (54).

Très rare épreuve, d'un état non décrit, avec la barque symbolique de la ville de Paris, mais avant l'adresse de Delâtre, imprimée à deux tons.

832 — La même estampe.

Très belle épreuve, avec l'adresse, imprimée à deux tons.

MERYON

833 — Tourelle, rue de l'École-de-Médecine (22).

Superbe et très rare épreuve, avant les travaux dans le ciel, avant le mot : Cabat, sur la tourelle, avant les mots : *Fiat lux*, sur le livre ouvert que tient la Justice ; le trait carré est à peine indiqué, sur papier du Japon.

834 — La même estampe.

Superbe épreuve, avec le ciel terminé et avec la bordure, avec le mot : Cabat, sur la tourelle, mais avant les mots : *Fiat Lux*, sur le livre, avant toutes lettres, sur papier du Japon.

835 — La même estampe.

Belle épreuve, sur chine.

836 — Rue des Chantres, Paris MDCCCLXII (56).

Superbe et très rare épreuve, à l'eau-forte pure, ayant le ciel, avant le monogramme et les clochettes dans le milieu du haut. Le coq, sur le clocheton de Notre-Dame, est beaucoup plus petit que dans l'état suivant, avant la bordure, sur chine.

837 — La même estampe.

Très belle épreuve, terminée, avant toutes lettres, avec tous les travaux qui manquent dans l'état qui précède, sur chine.

838 — La Rue des Toiles, à Bourges (58).

Superbe épreuve, du 1er état, avec le nom de Meryon et l'adresse de l'imprimeur, avant la bordure et avant les travaux à la pointe sèche. On distingue à gauche, un chien fouillant des immondices, sur papier verdâtre.

839 — La même estampe.

Très belle épreuve, sans aucunes lettres, avec la bordure et les travaux à la pointe sèche. A la place du chien, un jeune soldat, en costume du moyen âge, cause avec deux femmes, dont l'une s'appuie sur son épaule, sur papier de Chine.

840 — Ancienne habitation à Bourges (59).

Superbe épreuve, avant la lettre.

841 — Le Malingre cryptogame (61).

Très belle épreuve.

842 — Profil de la tête d'un chien sauvage de la Nouvelle-Hollande (62).

Superbe épreuve, sur papier de Chine. Très rare.

MERYON

843 — Voyage de la corvette Le Rhin. Nouvelle-Zélande. Greniers indigènes et habitations à Akaroa (presqu'île de Banks), 1845 (63).

Superbe épreuve, avant toutes lettres et avant le ciel, sur chine.

844 — La même estampe.

Très belle épreuve, avec la lettre.

845 — Voyage de la corvette le Rhin. Nouvelle-Calédonie. Grande case indigène sur le chemin de Ballorde à Poëpo, 1845 (64).

Superbe épreuve, avant toutes lettres, sur chine.

846 — La même estampe.

Très belle épreuve, avec la lettre, sur chine.

847 — Voyage du Rhin. Océanie, îlots à (Uvea Wallis). Pêche aux Palmes, 1845 (65).

Superbe épreuve, avant toutes lettres.

848 — La même estampe.

Très belle épreuve.

849 — Nouvelle-Zélande. Presqu'île de Banks, 1845. Pointe dite des Charbonniers à Akaroa. Pêche à la Seine (66).

Très belle épreuve, avant les hachures sur les montagnes.

850 — La même estampe,

Belle épreuve, avec les hachures.

851 — Titre pour le voyage à la Nouvelle-Zélande (67).

Très belle épreuve, sur papier de couleur.

852 — Nouvelle-Zélande, presqu'île de Banks. État de la petite colonie française d'Akaroa vers 1845 (68.)

Très rare épreuve, à l'eau-forte pure, avant le ciel, portant la date de la main de Meryon, 7 août 65, sur chine.

853 — La même estampe.

Très belle épreuve, presque terminée, avec le ciel dessiné au crayon, portant la date du 11 août 65.

854 — La même estampe.

Très belle épreuve, avec la lettre, sur chine.

MERYON

855 — Voyage du Rhin. La Chaumière du colon, vieux soldat à Akaroa (Nouvelle Zélande).

Superbe épreuve, avant toutes lettres, sur chine.

856 — La même estampe.

Très belle épreuve, sur chine.

857 — Pré-volant des îles Mulgraves, Océanie (69).

Très belle épreuve, du 1er état, avant la lettre.

858 — La même estampe.

Belle épreuve, avec le mot Rébus au-dessous de la gravure.

859 — Petit prince Dito (Ballade, Nouvelle Calédonie) (70).

Très belle épreuve, avec autographe et signature de Meryon.

860 — Ci-git la Vendetta surannée (77).

Belle épreuve.

861 — Rebus. Béranger ne fut véritablement fort, car il n'eut
jamais la clef des chants (78).

Très belle épreuve, du 1er état, avant le grattage du mot Ber.

862 — Rebus. (Non Morny n'est pas mort, car il noce encore).
Pièce non décrite par M. Burty, mais décrite par M. F. Wed-
more, sous le n° 56 de son catalogue.

Superbe et très rare épreuve, du 1er état, avec les fonds de la planche
sales.

863 — La même estampe.

Très belle épreuve, les fonds sont nettoyés, sur chine.

864 — Projet d'encadrement pour le portrait de M. Gueraud (79).

Très rare épreuve. avec un lynx couché, soutenant le livre du Code et
des lois, avec l'adresse de Meryon.

865 — La même estampe.

Très belle épreuve, le lynx a disparu, et le livre est complètement
ouvert, toujours avec l'adresse de Meryon.

866 — La même estampe.

Très belle épreuve, du même état, mais avec le portrait dans le milieu
de l'encadrement.

MERYON

867 — La même estampe.

Très belle épreuve, avec l'adresse de Beillet et quelques inscriptions changées.

868 — Frontispice pour le catalogue de l'Œuvre de Thomas de Leu (80).

Très belle épreuve.

869 — Vue de l'ancien Louvre du côté de la Seine en 1651 (81).

Épreuve très rare, à l'eau-forte pure, avant beaucoup de travaux dans toutes les parties de la planche.

Cette épreuve ayant figuré à l'Exposition de 1866, est signée et datée par l'artiste. En outre, Meryon, étant déjà un peu halluciné, se figura que son épreuve avait été lavée à son insu par les jésuites qui, disait-il, le poursuivaient, et il ne consentit à la céder à M. Wasset qu'après avoir écrit au bas l'inscription que nous allons rapporter :

« A Monsieur A. Wassé, empolyé au ministère de la guerre, qui me fait l'honneur de recueillir quelques états de mes gravures.

« J'ai de très fortes raisons pour penser, la certitude même, que cette épreuve, lors de l'encadrement, a été soumise à quelque opération secrète, clandestine, quelque chose comme un lavage à la potasse ; et c'est à ce point de vue seul qu'il peut y avoir quelque intérêt à la conserver. Ce fait, de la nature de ceux qu'on ne tient guère à soupçonner, donnera une idée de ce que peuvent suggérer à ces gens, pour qui tous les moyens sont bons pour arriver plus sûrement à déconsidérer qui, pour telle cause que ce soit, les inquiète : la basse envie, le vil égoïsme et le fanatisme aveugle de l'esprit de parti. P. ce 27 août 1866. C. M. »

870 — La même estampe.

Superbe et très rare épreuve terminée, avant toutes lettres. Une des six épreuves tirées pour M. Meryon, sur papier à la marque du sacre du roi Charles X. Grand in-fol., toutes marges. (Grand aigle.)

871 — Le Ministère de la Marine (82).

Très rare épreuve, à l'eau-forte pure, avant le ciel, 1er essai, daté de la main de Meryon, 10 janvier 1865, sur chine.

872 — La même estampe.

Très rare épreuve, toujours avant le ciel, mais toutes les autres parties reprises dans les ombres, 3e essai, daté de la main de Meryon, 18 février 65.

873 — La même estampe.

Superbe épreuve, avant toutes lettres, avant le monogramme de Meryon dans la marge du bas, et avant les cannelures sur les colonnes.

MERYON

874 — La même estampe.

Superbe épreuve, avant la lettre, avec le monogramme dans le milieu de la marge du bas. Une des dix épreuves tirées par Pierron, sur papier en travers.

875 — Croquis à la mine de plomb, faits pour la Vue du ministère de la Marine. Cinq dessins.

876 — Collège Henri IV (83).

Superbe épreuve, avec la mer dans le fond et avec légende dans la marge du bas, à droite.

877 — La même estampe.

Très belle épreuve de la planche terminée, avec la vue à vol d'oiseau, dans le fond, avant la lettre et avant l'inscription dans le cartouche en haut, avant divers raccords dans la planche.

878 — Bain froid Chevrier, dit de l'Ecole (84).

Superbe et très rare épreuve, avant toutes lettres et avant le monogramme de Meyron dans le milieu du haut.

879 — Portrait de Monsieur Casimir Leconte (88).

Très belle épreuve, imprimée sur vélin.

880 — Evariste Boulay-Paty (89).

Très belle épreuve, sur papier du Japon.

881 — Pierre Nivelle, évêque de Luçon, né à Troyes en 1584, mort à Luçon, le 10 février 1660 (91).

Très belle épreuve.

882 — Jean Besly, d'après I. Isac (93).

Très belle épreuve.

883 — René de Burdigale, sieur de Laudonnière-Sablais, d'après Crispin de Passe (94).

Très belle épreuve.

884 — Portrait de Armand Gueraud, d'après une photographie (95).

Très rare épreuve, avant les lettres C. M., au-dessus de l'épaule, à gauche, sur chine. (Voir le n° 72.)

D'après Méryon : Marine, lithogr. par Th. Chauvel.

nº 15. _Passagers de Calais à Flessingue._

nº 71. _A Monsieur Eugène Bléry._
nº 72. _La Loi lunaire._

Le château de Chenonceau, vu d'un autre côté que le
no 18. Pièce non décrite. f. vente f. Jacquemart 1881,
no 571.

190 **Meryon**. Casimir Leconte. In-fol., eau-forte
sur Chine non fixé, superbe.   n° 88.

RED. :

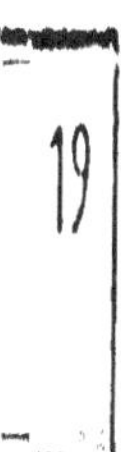

19

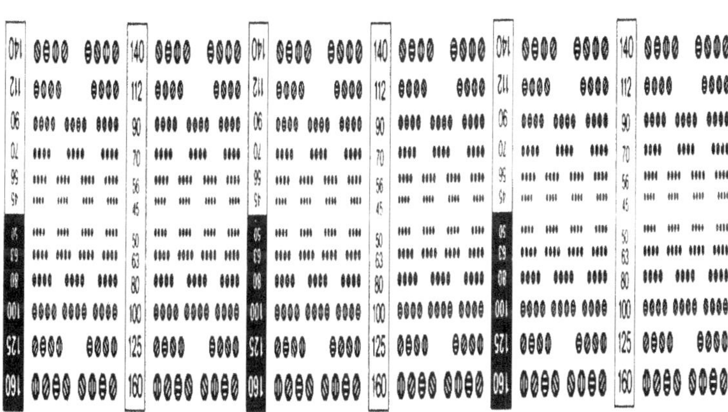

MIRE ISO N° 1
NF Z 43-007
AFNOR
Cedex 7 - 92080 PARIS-LA-DÉFENSE
graphicom

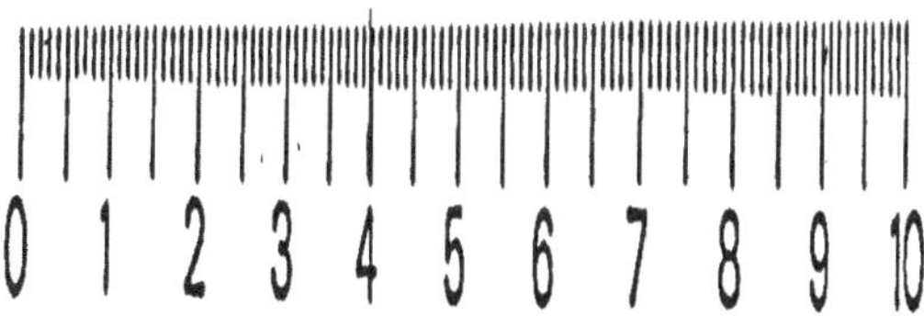

0 1 2 3 4 5 6 7 8 9 10

BIBLIOTHEQUE
NATIONALE
DE FRANCE

****

CHATEAU
DE
SABLE
1995

www.ingramcontent.com/pod-product-compliance
Lightning Source LLC
LaVergne TN
LVHW011051050726
842519LV00004B/1562